Samson
et
Ryan

Larry

Benny

Publié par Scholastic, Inc. Distribué au Canada par Grolier.

Aucune partie de cet ouvrage ne peut être reproduite selon un procédé
mécanique, photographique ou électronique, enregistrée sur microsillon,
mémorisée dans un centre de traitement de l'information, transmise ou
copiée sans l'autorisation écrite des éditeurs.

ISBN 0-7172-4173-4

Dépôt légal - Bibliothèque et Archives
nationales du Québec, 2006

Imprimé aux États-Unis

Le lion Samson adore raconter à son fils Ryan des histoires sur la vie sauvage dans la brousse. Leurs amis du zoo, Bridget la girafe, Larry le serpent et Nigel le koala, ont maintes fois entendu ces histoires. Même Benny l'écureuil connaît par cœur les fabuleuses aventures en Afrique de Samson.

« C'était le gnou le plus énorme que j'avais jamais vu… », raconte Samson à ses amis réunis autour de lui.

Ryan lève les yeux au ciel. Il a entendu cette histoire des millions de fois déjà.

Tout ce que désire le lionceau, c'est être brave comme son père. Mais Ryan est né au zoo et son père ne cesse de lui répéter que le zoo leur offre tout ce dont ils ont besoin. Ryan, lui, trouve l'endroit ennuyeux.

Ryan aimerait connaître la vie sauvage. S'il pouvait apprendre à rugir comme son père, ce dernier serait fier de lui. Ryan ouvre sa gueule, prêt à pousser un puissant rugissement, mais son cri ressemble davantage à un couinement.

Les visiteurs du zoo rient. Ryan est au bord des larmes.

Enfin, le zoo ferme ses portes et les visiteurs partent.
Les animaux, eux, ne vont pas se coucher tout de suite.

C'est cette nuit qu'a lieu le grand match.
Les pingouins affrontent l'équipe de Samson
au championnat de curling-tortue.

Tous les animaux sont réunis dans l'enclos des pingouins — tous sauf Ryan.

Samson joue mal en l'absence de Ryan. Les pingouins sont en avance.

« On ne peut pas perdre devant des oiseaux coureurs », déclare Bridget.

Samson est d'accord. « On va utiliser notre arme secrète. »

Utilisant Larry le serpent comme une fronde, Samson projette la tortue... on dirait bien que le lancer va s'arrêter en plein centre de la cible.

Mais soudain, la terre tremble, ce qui fait dévier le lancer de Samson. Que se passe-t-il? Ryan s'est laissé convaincre par ses amis d'aller pourchasser les gazelles et il a, sans le vouloir, déclenché une véritable débandade.

Les gazelles surgissent dans l'enclos des pingouins, au beau milieu de la partie de curling-tortue. Quel gâchis!

Ryan est vraiment désolé.
Samson est furieux et son fils
le déçoit énormément. Ryan ne
pourra jamais rendre son père
fier de lui après un tel gâchis.

Le lionceau s'éloigne
tristement. Il distingue soudain
des conteneurs verts de l'autre
côté de la clôture du zoo.

Un peu plus tôt, des pigeons ont dit à Ryan que ces conteneurs devaient être livrés dans la brousse.

Ryan a une idée : il va se cacher dans un conteneur et aboutir dans la brousse. Au bout de quelque temps, il reviendra au zoo, grand, fort et capable de pousser un puissant rugissement. Voilà qui devrait rendre son père fier de lui!

Sans plus hésiter, Ryan franchit la clôture d'un bond et court se cacher dans un conteneur.

L'instant d'après, le conteneur est chargé sur un camion de transport. Le moteur vrombit — et soudain l'idée d'aller faire l'expérience de la vie sauvage ne plaît plus du tout à Ryan.

« Papa! Au secours! » crie Ryan.

Samson entend l'appel à l'aide de son fils, mais il est trop tard. Le camion s'est déjà mis en route.

Aussitôt, Samson, Bridget, Nigel, Benny et Larry partent à la rescousse de Ryan. Ils doivent trouver un moyen de sortir du zoo et d'atteindre le port avant que le conteneur transportant Ryan ne soit chargé sur un bateau.

Ils se cachent d'abord dans un camion à ordures qui s'apprête à quitter le zoo. Benny est convaincu qu'il saura se retrouver dans l'immense ville. « Deux rues à gauche, deux rues à droite, badaboum, on traverse Broadway et... Bam! On y est », dit-il à ses amis.

Au virage suivant, Benny tombe du camion.

Le camion s'arrête enfin et les animaux descendent dans les rues de New York. Ils sont impressionnés par les gratte-ciel et les lumineuses enseignes au néon. Mais sans Benny pour les guider, ils sont perdus.

Ils aboutissent dans les égouts de la ville.
Les crocodiles qui y ont élu domicile, les
prenant pour des touristes, leur indiquent
gentiment le chemin menant au port.

Mais ils arrivent au port une seconde trop tard.
Le conteneur qui transporte Ryan a été chargé sur
un bateau... et le bateau vient tout juste de larguer
les amarres.

« Il faut suivre ce bateau! » crie Samson.
Une petite embarcation est amarrée près de là.
Les animaux sautent à bord... et le capitaine se
jette par-dessus bord!
    Les animaux du zoo réussissent à
lancer l'embarcation derrière le bateau
transportant Ryan. Mais ils ne sont pas
de très bons navigateurs et risquent
fort de se perdre en mer.

Heureusement, Benny les rejoint avec un troupeau de bernaches du Canada. Ces oiseaux étant des experts en voyage, ils guident Samson et ses amis jusqu'au bateau qui transporte Ryan.

Les animaux du zoo suivent le bateau pendant des jours et des jours, jusqu'à ce qu'ils accostent enfin...

... sur la rive d'une île tropicale.
Les voilà dans la brousse, au milieu
de la vie sauvage! Nigel, Benny,
Bridget et Larry regardent Samson.
Mais Samson ne sait pas ce qu'il
faut faire — car, en réalité, il ne
connaît pas la vie sauvage!

Samson avoue que toutes ses histoires sur
la vie sauvage sont de la pure invention.

« Je ne viens pas de la brousse. Je ne suis pas un vrai lion. Retournez au bateau, je ne peux pas vous protéger, ici », dit Samson à ses amis.

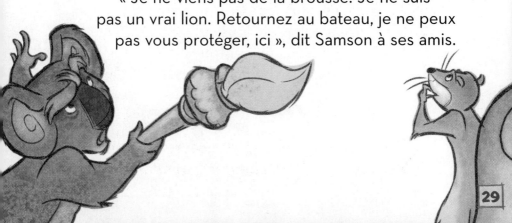

Personne pour les protéger au beau milieu de la vie sauvage? Pris de panique, les amis de Samson retournent au bateau en courant. Samson, lui, s'enfonce seul dans la jungle à la recherche de Ryan.

Entre-temps, Benny réussit à convaincre les autres de rester pour aider Samson. « Je sais que vous avez peur », dit l'écureuil. « Mais Sammy, il est là-bas, tout seul. Et Ryan aussi. »

Courageusement, les animaux du zoo pénètrent
dans la brousse... et les ennuis commencent aussitôt.
Ils sont rapidement cernés par des gnous. Ceux-ci
s'emparent de Nigel et repoussent la bande
du zoo dans une grotte sombre au pied
d'un volcan.

Les gnous assoient Nigel sur un
trône, tel un roi. Puis ils déposent
une couronne sur la tête du koala.
Nigel ne comprend pas ce qui
se passe.

Puis Kazar, le chef des gnous, s'avance. « Oh, Grand Lui », dit Kazar à Nigel. « Tu dois nous mener à la transformation de proie à prédateur. » Les gnous semblent croire que Nigel est un dieu capable de leur apprendre à dévorer des lions! Et pour s'exercer, ils mangeront d'abord les amis de Nigel!

Pendant ce temps, Samson a retrouvé la trace de Ryan — il a entendu un appel à l'aide lancé par son fils.

Deux vautours pourchassent Ryan, mais ils prennent la fuite en voyant arriver Samson.

« Papa! » s'écrie Ryan avec soulagement.

Père et fils s'enlacent, heureux d'être enfin réunis.

C'est alors que surgissent
les gnous de Kazar.
« Cours, fiston! » crie
Samson, la voix tremblante.
Il pousse son fils dans un
arbre et y grimpe à son tour.
« Papa, tu devrais les
pourchasser », dit Ryan, qui
ne comprend pas la réaction
de son père.

Samson regarde son fils et décide de tout lui avouer. En réalité, il est né dans un cirque. Mais parce qu'il ne savait pas rugir, on l'avait envoyé au zoo.

« Je voulais que tu sois fier de moi », dit Samson, pour tenter d'expliquer la raison qui l'avait poussé à inventer des histoires.

Ryan est déçu que son père lui ait menti.

Soudain, les gnous passent à l'attaque! Ils foncent dans l'arbre et le renversent. Ryan tombe au sol, mais Samson est projeté au bas d'une falaise.

Ryan se retrouve seul, cerné par les gnous triomphants qui le guident vers la grotte au pied du volcan.

Ryan est heureux de retrouver ses amis, mais sa joie est de courte durée. Kazar et sa bande sont maintenant prêts à dévorer les animaux du zoo et le lionceau!

Nigel doit intervenir, mais que peut-il faire? Pour tenter de gagner du temps, il lance un ordre. « On ne peut pas les faire cuire sans oignons », déclare-t-il.

Samson fait soudain son apparition et se poste à côté de Ryan. Le volcan se met à gronder. Les gnous s'avancent pour encercler les lions, puis ils s'arrêtent.

« On en a marre de faire semblant d'être ce qu'on n'est pas », déclare l'un d'eux à Kazar. Ils n'ont plus envie de manger personne.

« Très bien », rétorque Kazar. « Je les tuerai moi-même. » Kazar fonce sur Samson et le projette lourdement au sol.

« Il va le démolir si on n'intervient pas », crie Benny.

« Pourquoi on n'utilise pas notre arme secrète? » propose Larry.

Les amis projettent Ryan en direction de Kazar.
Le lionceau pousse un énorme rugissement et atterrit
sur Kazar, qui le repousse du revers de la patte.

« Ne touche pas à mon fils », vocifère Samson. Il pousse un rugissement si puissant que Kazar est projeté contre la paroi de la grotte. Le rugissement fait vibrer la grotte et des roches s'écroulent sur Kazar.

Puis le tremblement s'intensifie. Le volcan est sur le point de faire éruption!

Heureusement, ils réussissent à sortir à temps.

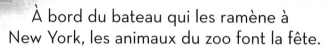

À bord du bateau qui les ramène à New York, les animaux du zoo font la fête.

« Dis, papa, ça sera notre première histoire vraie de Samson et Ryan dans la brousse », lance Ryan.

Samson serre Ryan contre lui. « J'ai bien peur que personne ne va y croire! » dit-il, en riant.

Mais qu'importe. Père et fils seront toujours fiers de qui ils sont vraiment, et surtout très fiers l'un de l'autre.

ŒIL DE LYNX

À toi de partir à l'aventure maintenant. Essaie de retrouver ces images dans le livre.